AF491048

İtaatkâr Yazar

Erika Sanders
Seri
Hakimiyet ve erotik boyun eğme

@Erika Sanders, 2023

Kapak resmi: @ Paweł İngiliz - Pixabay, 2023

İlk baskı: 2023

Her hakkı saklıdır. Telif hakkı sahibinin açık izni olmadan eserin tamamen veya kısmen çoğaltılması yasaktır.

özet

Samantha'nın en büyük korkusu birinin onu bu fotoğraflarda tanımasıydı.

Ancak ince bir maske kullanılarak bu sorun çözüldü.

Maske küçüktü ve yalnızca gözlerini ve burnunu kapatıyordu, bu da onun anonimliğini koruyacak kadar iyiydi.

İtaatkar Yazar güçlü erotik BDSM içeriğine sahip bir roman ve yüksek romantik ve erotik BDSM içeriğine sahip bir roman serisi olan Erotik Hakimiyet ve Teslimiyet koleksiyonuna ait yeni bir romandır.

(Tüm karakterler 18 yaş ve üzeridir)

Yazar hakkında not:

Erika Sanders, yirmiden fazla dile çevrilmiş, her zamanki düzyazısından uzak, en erotik yazılarına kızlık soyadıyla imza atan, uluslararası tanınmış bir yazardır.

Dizin:

İTAATKÂR YAZAR
ERIKA SANDERS

BİRİNCİ BÖLÜM
TEPKİ

BÖLÜM I

Samantha'nın en büyük korkusu birinin onu bu fotoğraflarda tanımasıydı.

Ancak ince bir maske kullanılarak bu sorun çözüldü.

Maske küçüktü ve yalnızca gözlerini ve burnunu kapatıyordu, bu da onun anonimliğini koruyacak kadar iyiydi.

Fotoğrafçıya farklı pozlar verdi.

İtaatkar bir ses tonuyla zarif bir çekim seansıydı.

İnce siyah bir elbiseyle kaplı küçük ve ince vücudunu birkaç ip hafifçe bağladı.

Bilekleri de birbirine bağlanmıştı ve yerde yatarken fotoğrafları çekiliyordu.

Portreleri farklı sanat galerilerinde satan yarı ünlü bir yerel fotoğrafçının gerçekleştirdiği bir sanat oturumuydu.

"Çok güzel," dedi fotoğrafçı uzaklaşırken. "Dön. Yüzüstü. Güzel. Dön."

Samantha'nın uzun zamandır yaşadığı en eğlenceli şeydi bu.

Esaret altındaki bir köpek yavrusu gibi arkasını döndü.

Sonra geri döndü.

Yüzünde hayalini yaşıyormuş gibi hafif bir gülümseme vardı.

Fotoğrafçı Samantha'nın gülümsemesini fark etti ve o da gülümseyerek bu süreçte daha fazla fotoğraf çekti.

Kamerayı indirerek, "Sanırım bugünlük işimiz bitti" dedi. "Mükemmeldin."

Ayağa kalktı ve bağlı bilekleri ileriyi göstererek ona doğru yürüdü.

"Ben sadece bana söylediğini yaptım." dedi ve gülümsedi.

Fotoğrafçı bileklerini çözdü ve sonunda onu tüm esaret bağlarından kurtardı.

Bileklerinde küçük kırmızı izler vardı.

"Bunun için özür dilerim. Belki de onları biraz fazla sıkı yaptım."

Kafasını salladı ve maskesini çıkardı.

"Endişelenmeyin. Sanırım çok sert çekiyordum. Ve izler yakında silinecek."

"Sert kız."

"Sert olmaktan bahsetmişken, fazladan çalışma şansın var mı?"

Fotoğrafçı "Duruma göre değişir" diye yanıt verdi. "Birkaç hafta içinde bir sanat sergisi var . Portreleriniz satılırsa, daha fazla fotoğraf için sizi işe almak isterim."

Güldü.

"Şunu dört gözle bekliyorum."

BÖLÜM II

Samantha giyindikten sonra doğrudan yatak odasına gitti.

Daha yapacak çok okul işi vardı.

Dönemin en zorlu dersi, uzun öyküler oluşturmaya odaklanan yaratıcı yazarlık kursuydu.

Bu onun en çok üzerinde çalışmak istediği dersti çünkü bu ona yazacak bir çıkış noktası sağlıyordu.

Yazmayı seviyordu.

Ve bir gün romancı olmak istiyordu.

En önemlisi, bu ona ilk romanını ünlü bir profesörün gözetiminde yazmaya başlaması için bir platform sağladı.

Dersine gitmeden çok önce derinden hayran olduğum bir profesördü.

Kendisi, Samantha'nın büyürken sevdiği ve okuduğu birçok kitap yazmış bir profesördü.

Bu eski kitaplar Samantha'nın yazma stilini etkilemişti ve Samantha, Samantha'nın kendisine ders verme fırsatından heyecan duyuyordu.

Yatağında otururken bir sonraki hikâyesinin bir sayfalık taslağını yazmayı bitirdi.

Bir sonraki toplantısından önce bunu profesöre göndermesi gerekiyordu.

Saatlerce yazarak ve düşünerek geçirdikten sonra Samantha'nın transa benzer hali, duvara vurulan birkaç darbeyle bozuldu.

Bu onun güzel oda arkadaşı ve liseden beri en iyi arkadaşıydı, üzerinde sadece havlu vardı ve saçları duştan sonra yeni kurutulmuştu.

"Hala yazılarını yazıyor musun?" Vicky sordu.

"Ah, elbette, hala üzerinde çalışıyorum."

"Peki bugün fotoğraflarınız nasıl geçti?"

Samantha baş parmağını kaldırdı.

"Oldukça iyi."

"Yeni kitabı görmeyi çok isterim."

"Durun, onları bana gönderip göndermediğini kontrol edeyim."

Samantha hızla Gmail hesabını açtı ve bazı yeni e-postalar gördü.

İçerdiği dosyayı açıp indiren fotoğrafçıdan bir e-posta vardı.

Toplamda otuz sekiz resim vardı.

" Buradalar, hemen size göndereceğim" dedi. "Ve bana ne düşündüğünüzü söyleyin. Kişisel olarak bunun çok iyi bir şey olduğunu düşünüyorum. Geçen sefer yaptığımdan daha çok beğendim."

Elbette Samantha, Vicky'nin bu konudaki fikrine çok değer veriyordu çünkü arkadaşı kendisi de birçok modellik çalışması yapmıştı ve o da bir gün moda endüstrisinde tasarımcı olarak çalışmayı planlıyordu.

Vicky havluyu düşürdü ve çıplak kaldı.

"Onları sonra kontrol edeceğim. Duş aldın mı? Parti bir saat sonra."

"Kahretsin."

Vicky sutyenini giydi.

"O günlerden biri, değil mi?"

"Lanet olsun, bekle."

Samantha hızla e-postasını açtı ve profesöre bir mesaj yazdı.

Word belgesini ekledi ve gönderdi.

Sonra Samantha başka bir e-posta açtı ve Vicky'ye kısa bir mesaj yazdı.

Otuz sekiz itaatkar köle fotoğrafının bulunduğu dosyayı ekledi ve e-postayı gönderdi.

Samantha daha sonra dizüstü bilgisayarını kapattı ve yataktan atladı.

Yarı çıplak oda arkadaşının yanından geçip, Vicky az önce kullandığından beri hâlâ biraz nemli olan küçük banyoya girdi.

Soyundu, sonra duş kabinine girdi ve musluğu açarak sıcak suyun şelaleye akmasını sağladı.

Samantha saçını sabunlayıp şampuanlarken bir sonraki yazma projesini ve profesörle buluşmasını düşündü.

İşini nasıl açıklayacağını düşündü.

Bunu nasıl sunacaktı?

Kendini nasıl ifade edecekti?

Profesörün onun düşüncelerini anlayabilmesi ve ona çok ihtiyaç duyduğu onay ve anlayışı sağlayabilmesi için iletmek istediği ana noktalar

.

Ayrıca ne giyeceği gibi önemsiz şeyleri de düşünüyordu.

Yanlış sinyaller göndermeden zarif ama cesur görünmek istiyordu.

Fazla gergin olmadan akıllı görünmek istiyordu.

Ayrıca çok basit ya da kolay görünmek de istemiyordu, yoksa öğretmenin saygısını kaybederdi.

İyi görünmesi gerekiyordu.

Belki daha sonra Vicky'ye bu konuda da fikrini sorardı.

Samantha suyu kapattı, saçını kuruttu ve Vicky'nin giyinmiş olduğu ve kendi dizüstü bilgisayarını kullandığı yatakhane odasına döndü.

"Fotoğraflar hakkında ne düşünüyorsun?" Samantha dolabına bakarak sordu.

"Yazdıklarını mı kastediyorsun?"

"Hayır, tabii ki fotoğraflarıma."

Vicky, "Eh, kazara bana yazını gönderdin" dedi. "Oldukça güzel görünüyor. Pek okuyucu değilim ama sen yazarsan bu kitabı satın alırdım."

Samantha dondu.

Gözleri büyüdü ve midesi bulandı.

Dizüstü bilgisayarına koştu ve Gmail hesabını kontrol etti.

Profesöre gönderdiği mesajı görmek için gönderilen e-postalarını kontrol etti.

Daha sonra ekteki dosyaya baktı.

"Aman Tanrım".

Yanlışlıkla profesöre otuz sekiz esaret fotoğrafını gönderdiğini fark ettiğinde eliyle ağzını kapattı.

"Benim...hayatım...mahvoldu," diye sızlandı Samantha, bu sırada ağlamak isteyerek yatağına çöktü.

"Kahretsin, az önce bu resimleri öğretmenine mi gönderdin?" Vicky komik bir şekilde güldü.

Samantha yüzünü yastığa gömdü.

"Bunun hakkında konuşmak istemiyorum."

"İyi tarafından bakın. Eğer normal bir adamsa, muhtemelen size dersten A verecektir. Dezavantajı ise muhtemelen onun sikini yalamak zorunda kalacaksınız. bir ziyafet. Bilirsiniz, tüm bu öğretmen/öğrenci teması."

"Yarın onunla buluşacağım. Tanrım, umarım beni seks yapmaya falan teşvik ettiğim için şikayet etmez. Okuldan atılabilirim."

"Öğretmene itaatkâr fotoğraf gönderilmesine karşı bir kural var mı?" Vicky sordu.

"Bilmiyorum."

"Pekala, çok hızlı duş aldın. Belki henüz görmemiştir. Neden onu arayıp e-postana bakmamasını söylemiyorsun?"

Samantha gözlerinde yaşlarla dik oturdu.

"Sen bir dahisin."

Ders programında profesörün cep telefonu numarasını aradı ama diğer profesörlerin aksine orada yoktu.

Yapılacak tek şey henüz görmemiş olması için dua etmek olacaktır.

Önceden bir uyarı mesajı daha gönderdi.

Başlığıyla bir e-posta gönderdi: LÜTFEN DİĞER E-POSTAYI AÇMAYIN

"Öğretmen,

Ben Samantha'yım. Yarın sabah randevumuz var. Birkaç dakika önce size başka bir e-posta gönderdim. Umarım açmamıştır. Değilse, lütfen yapmayın. Eğer öyleyse çok üzgünüm. Bu bir kazaydı.

İşte size yazımı gönderiyorum.

Umarım bu hata akademik ilişkimizi tehlikeye atmaz. Yazma projesini tartışmak için yarın hâlâ onu görmeyi planlıyorum.

En iyi dileklerimle,

"Samantha."

Daha sonra bu sefer doğru yapıp yapmadığını kontrol ederek dosyayı yazıya ekledi.

Mesaj gönderildikten sonra Samantha tekrar yatağa düştü.

Havlusunun açıldığını ve sol göğsünün kısmen açıkta olduğunu fark etti ama umursamadı.

Hala gitmem gereken bir parti vardı.

Ama bir daha eğlenip eğlenemeyeceğine dair hiçbir fikri yoktu.

BÖLÜM III

Sabah toplantısından hemen önce Samantha dolabından birkaç kıyafet çıkarıp yerleşti.

Haki pantolon, beyaz düğmeli gömlek ve koyu renk yelek.

Gayri resmi ama klas bir şekilde.

Saçlarını at kuyruğu yaptı ve minimal makyaj yaptı.

Yapmak istediğim son şey, özellikle profesörün de yanıt verme zahmetine girmediği o korkunç e-posta hatasından sonra erotik bir hava yaymaktı.

Beşeri bilimler binasındaki ofisine gitti.

Oraya vardığında, cam kapıdan profesörün masasının arkasında oturmuş bilgisayarı kullandığını gördü.

Samantha, profesörün bilgisayarında olmasından biraz rahatsızdı ve ona asla e-posta gönderme zahmetine girmedi.

Eh, diye düşündü, bu onu bazı garipliklerden kurtarırdı.

Dikkatlerini çekmek için kapıyı çaldı.

"Tam zamanında" dedi profesör. "Kapıyı kapat ve otur."

Öğretmen ondan çok daha yaşlıydı.

Belki kırk beş ya da elli yaşındaydı, yani kendisinin iki katı yaşındaydı.

Oldukça yakışıklıydı, sert ve güçlü bir tavrı vardı.

Onda çok akıllı bir insan olduğunu açıkça ortaya koyan bir bilgelik havası vardı.

Kapıyı kapattı ve öğretmen masasının önündeki sandalyeye oturdu.

E-postanın konusu hâlâ aklında kalırken mükemmel bir duruşla dik oturdu.

Bu konuyu ele alıp almayacağını merak ediyordu.

Şu ana kadar durum böyle görünmüyordu.

Bunun yerine profesör masaya bir parça kağıt koydu.

Bu, Samantha'nın ödevinin bir çıktısıydı ve her yerinde el yazısıyla yazılmış notlar vardı.

"Ben eski kafalıyım" dedi. "Kağıda yazıp kalemle yorum yapmayı tercih ediyorum. Artık başlayalım mı?"

Başını salladı.

"Elbette."

"Şimdi asıl konuya geleceğim, fikirlerinizi beğendim. Hayatta yolunu bulan genç bir kadının hikayesi çok tekrarlanıyor ama bu yeni bir dönüm noktası. Yanlış hatırlamıyorsam ilk gün. Kurs sırasında romancı olmak istediğini söylemiştin, değil mi?"

Başını salladı.

"İşte böyle."

"Ve bunu bir gün yayınlamayı umduğun ilk romanına dönüştürmek istediğini söylemiştin, bu da doğru mu?"

"Bu kesinlikle doğru. Bunu size söylemedim ama aslında kitaplarınızın büyük bir hayranıyım. Bana ilham veriyorlar. Ve yorumlarınıza gerçekten değer veriyorum."

"Nazik sözlerini takdir ediyorum" dedi sakin bir ses tonuyla. "Sizin ve diğer tüm öğrencilerim için buradayım. Bu yüzden öğretmen oldum, sahip olduğum her şeyi aktarmak ve gelecek nesil yazarlara yardımcı olmak için."

Samantha sanki orada otururken çok aşağılanmış gibi ona endişe ve ıstırap karışımı bir ifadeyle baktı.

"Bir şeyler yanlış?" öğretmen sordu.

Cesaretini topladı.

"Dün gece e-postanı kontrol ettin mi?"

"Elbette öyle yaptım. Yazma ödevini tartışıyoruz, değil mi?"

Kendini aptal gibi hissetti.

"O e-posta değil. Ben diğerinden bahsediyordum, biliyorsun, kazara gönderilen e-posta. Ekte bir dosya vardı. Onu indirdin mi?"

"Öğrencilerin bana ne gönderdiğine bakmak benim işim. Yani evet, eki görünce açtım."

"Resimlerimi gördün mü?" Samantha retorik bir şekilde sordu.

"E-postanın başlığında bunun senin ödevin olduğu yazıyordu. Ben akıl okuyucu değilim Samantha. Evet, fotoğraflarını gördüm. Ama utanma."

Kısa bir süre rahat bir nefes aldı.

"Yani beni hayal kırıklığına uğratmadın mı?"

"Neden olayım ki?"

"Çünkü prestijli bir üniversiteye giden öğrencisi böyle fotoğraflar için poz verecek."

"İnsanları başka yollar keşfettikleri için yargılamıyorum" diye yanıt verdi. "Hayat tamamen bundan ibaret, değil mi? Neyi sevdiğinizi, neyi sevmediğinizi keşfetmek ve sonra kararlar vermek."

"Teşekkür ederim."

"Çünkü?"

"Aptallık yapmadığın için teşekkür ederim" dedi. "Konuştuğum için kusura bakmayın ama eminim bu üniversitedeki diğer profesörler beni okuldan atarlardı. Ya öyle ya da oral seks falan talep ederlerdi."

"Aslında sizden hizmet istemek üzereydim."

Şaşırmıştı.

"Gerçekten mi?"

"Şaka yapıyorum. Muhtemelen haklısın. Diğer öğretmenler bu e-postayı cinsel istek olarak yorumlamış olabilir. Ama ben diğer öğretmenler gibi değilim. İnsanların e-postalarda hata yaptığını anlıyorum."

"Peki ya fotoğraflar?" diye sordu. "Bunun benim açımdan bir hata olduğunu mu düşünüyorsun?"

"Yapıyor musun?"

Samantha dik ve meydan okuyan bir tavırla oturuyordu.

"Hayır, bilmiyorum. Benimle çektikleri fotoğraflarla gurur duyuyorum. Bence çok güzel ve sanatsal."

"Eğer böyle düşünüyorsan, ben kimim ki yargılayacağım ?"

"Bunu anladığımıza sevindim," diye rahatlayarak yanıt verdi.

"Neden bunu romanınıza dahil etmiyorsunuz? Yazmayı planladığınız hikaye için cinsellik temalarına değindiniz, o halde neden bunlardan bazılarını dahil etmiyorsunuz? Ayrıntıya girmenize gerek yok, ama kendi durumunuz hakkında konuşun. kendi keşfi."

"Dürüst olmak gerekirse, bunu yapıp yapamayacağımı bilmiyorum."

"Bu fotoğraflardaki yaşam tarzıyla ilgili deneyiminiz var mı?" diye sordu.

O, başını salladı.

"Tam olarak değil ".

"Eğer sorabilirsem neden olmasın?"

Samantha bir an düşündü.

"Bunu yapması için güvenebileceğim birini hiç bulamadım. Yani seks yapmak başka bir şey, teslim olmak başka bir şey. Bunun çok daha samimi olduğunu ve yalnızca doğru kişiyle paylaşılması gerektiğini düşünüyorum."

"Seni bu yüzden seviyorum. Sen akıllı, yetenekli ve güçlüsün. Dışarıda bir sürü aptal var. Ama gerçek bir Üstat-itaatkar ilişkisi güven ve sevgiye dayanır. Üstad itaat edene saygı duymalı. Güven olmalı. Ancak o zaman bir itaatkar, kendini bırakmakta tamamen özgür olabilir. "

Yüzünde bir gülümseme belirdi.

"Bütün bunları nereden biliyorsun?"

"Normalde bunun hakkında konuşmam ama hayatımdaki birçok kadının Üstadı oldum. Kadınlar çok itaatkardı ve bana tam itaat gösterdiler. Karşılığında ben de onlarla duygusal ve cinsel olarak ilgilendim. Onlar ilişkilere dayalıydı. Güven ve karşılıklı anlayışa dayalı."

Samantha bir anlığına hayrete düştü.

Ofis tarihinin acı verici derecede garip olmasını bekliyordu.

Bunun yerine, onu anlayan, cinsel açıdan gelişmiş bir öğretmenle karşılaştı.

"Sorun değil" dedi. "Bence haklısın. Bunlardan bazılarını yazma projeme dahil etmek mantıklı. Her şey kölelikle ilgili değil elbette, ama kişisel düşünme ve keşifle ilgili."

Öğretmen kağıdı katladı.

"Artık hikaye değiştiği için tüm notlarıma ihtiyacınız olmayacak. Ama onları yanınıza alın. Romanınızın ikinci yarısı için yeni bir sonla birlikte yeni bir hikaye bulmanızı öneririm. Birçok öğrenci bunu buluyor. Tabii ki başlı başına ufuk açıcı. Yazma sürecinde kendileri hakkında bir şeyler öğreniyorlar. Öğretmenin sevdiğim yanı da bu."

Öğretmen katlanmış kağıdı önüne koyarken Samantha'nın içini bir hayal kırıklığı duygusu kapladı.

"Toplantımız bitti mi?" diye sordu.

"Evet. Hikayenizin bazı kısımlarını değiştirmeniz gerektiği açık, bu yüzden oradaki yorumlarım temelde işe yaramaz."

"Tekrar görüşebilir miyiz? Yazma konusunda ipuçları almak için yine de seninle konuşmak istiyordum."

"Sen olay örgüsünü hallettikten sonra yazımı tartışabiliriz."

Yeni keşfedilen bir güven ve anlayış duygusu Samantha'nın içini kapladı.

Bir aydınlanma gibiydi.

Köleliğe ve yazmaya olan aşkı görünüşe göre ilk kez bir araya geliyordu.

Başını salladı.

"Her şey için teşekkür ederim. Sen en iyisisin."

"Neden bir şeyler planladığın hissine kapılıyorum?"

"Sadece ilk romanım," diye gülümsedi.

"Söylediğimi kastettim. Fantezilerine ve vücuduna karşı dikkatli olman hoşuma gidiyor. Sana tek bir şey öğretebilirsem o da bedeninle aptalca bir şey yapmaman olur. Kendine saygı duy. Bu en önemlisi. Senin gibi genç bir kadına öğretebileceğim şey bu."

O anda Samantha profesöre karşı bir şeyler hissetti.

Bunu zihninde, kalbinde ve bacaklarının arasında hissetti.

O bunu biliyordu.

Ve profesör onun ne düşündüğünü fark etti.

İKİNCİ BÖLÜM
GÖRSELLER

BÖLÜM I

Birkaç hafta geçti.

Sanat galerisinde elde edilen başarının ardından fotoğrafçı, Samantha'dan stüdyoya dönüp daha fazla fotoğraf çekmesini istedi ve o da memnuniyetle kabul etti.

Bu onların hayatın stresinden kaçma ve bir fanteziye kapılma şansıydı.

Üstelik bunun karşılığında alacağı para da iyiydi.

Kostüm olarak deri sutyen ve külottan oluşan küçük siyah bir kıyafet giyiyordu.

O da siyah çizmeler giymişti.

küçük siyah maskeyi takıyordu .

Tanrı kimsenin onu tanımasını yasakladı.

Kıyafetini ve maskesini takan Samantha, fotoğraf çekimine hazırlanırken büyük bir heyecan hissetti.

Garip bir şekilde bağımlıların ihtiyaçlarını anlıyordu.

Bu onun bağımlılığıydı.

Duygusal ve fiziksel olarak arzuladığım bir şey.

Hazır olduğunda fotoğrafçının kamerasını hazırladığı stüdyoya girdi.

Işıklar, aksesuarlar ve arka planlar zaten yerindeydi.

Her zamanki konuşmaları ve şakaları vardı.

Samantha, diğer portrelerin iyi satmasından dolayı minnettarlığını ve mutluluğunu dile getirdi.

Fotoğrafçı bunun onun sayesinde olduğunu belirtti.

"Kaldığımız yerden devam edecek miyiz?" diye sordu fotoğrafçı, askısı boynundayken kamerayı elinde tutuyordu.

"Aslında bugün biraz farklı bir şey denemek isterim."

Buna açık görünüyordu .

"Aklında bir şey mi var?"

"Pek sayılmaz. Bilmiyorum. Ama kendimi biraz daha maceracı hissediyorum."

Bir anlığına düşündü.

"Biraz daha ten göstermeye ne dersin? Bu konuda her zaman endişelendiğini biliyorum, ama daha fazla ten genellikle satışlara yardımcı olur."

Kısa bir tereddütten sonra Samantha sutyenin sol tarafını aşağı doğru çekerek küçük pembe göğüs ucunu kısmen ortaya çıkardı.

"Buna ne dersin?" diye sordu.

Bu konuda profesyonelliğini korudu.

"Bunu böyle yapabiliriz. Elbette. Peki ya kölelik? Eskisi gibi?"

"Bu sefer eller arkamda. Ve dizlerimin üstünde. Bu kadar savunmasız görünmem hoşuma gidiyor."

"Bugün kahvende bir şey mi vardı?" şaka yaptı.

"Bırak. Ben sadece aklında bir fikir olan bir kadınım."

"Ne dersen de. Bu fikir hoşuma gitti. Bununla başlayalım . Bileklerini arkadan bağlayacağım."

Fotoğrafçı kamerayı indirdi ve boynundan sarkmasına izin verdi.

Daha sonra iplere gitti.

Samantha arkasını döndü ve ellerini arkasında birleştirdi.

Halatları ona bağlamadan önce onu durdurdu.

"Bekle, bekle bir dakika."

Samantha öne doğru uzanıp sütyeninin sağ tarafını da biraz aşağı çekerek iki küçük pembe meme ucunu açığa çıkardı.

Daha sonra hızla ellerini tekrar arkasına götürdü.

"Tamam, artık hazırım" dedi.

Fotoğrafçı ipi bağladı ve bir düğüm oluşturarak Samantha'nın ellerini birleştirdi.

Bu ona garip bir tatmin duygusu verdi, özellikle de şimdi meme uçları açıktayken.

"Artık devam etmeye hazırız. Bana bir poz ver. Bugün kendini maceraperest hissettiğine göre, doğaçlama yapmana izin vereceğim. Ne istersen onu yap."

Samantha, birkaç adım geri çekilip fotoğraf çekmeye başlayan fotoğrafçıyla yüzleşti.

Bir adamın elleri bağlıyken çıplak meme uçlarının fotoğraflarını çekmesi ona tuhaf hissettirmişti .

Çok heyecan vericiydi ve bacaklarının arasında bir uğultu ve meme uçlarında karıncalanma hissetti.

Kollarıyla yapabileceği fazla bir şey yoktu.

Modellik yaparken talimatlar almaya alışkındım.

Yani başlangıç biraz tuhaftı.

Yavaş yavaş buna alıştı; omuzlarını, kalçalarını ve ayaklarını farklı pozlar oluşturmak için hareket ettirdi.

Sonra dizlerinin üzerine çöktü.

Savunmasız bir poz.

Farklı açılardan farklı çekimler yaptı .

Yan tarafına döndü.

Daha fazla fotoğraf çekti.

Yuvarlandı, karnını ve meme uçlarını yere bastırdı.

Kalçasının fotoğraflarını çekti.

Sonra sırtüstü yuvarlandı, elleri arkasında bağlıydı, meme uçları havaya bakıyordu.

Daha fazla fotoğraf çekti ve adrenalin patlaması hissetti.

Bu görüntüler çeşitli sanat galerilerinde yayınlanırken kimliğini korumasını sağlayan maske için Allah'a şükürler olsun , Allah bilir kaç kişi tarafından görüldü.

Teşhircilik onun için tuhaf bir duyguydu.

Ama teslimiyet kadar değil.

BÖLÜM II

Yatak odasında kısa bir mastürbasyon seansının ardından Samantha ellerini yıkadı ve yatağına yerleşti.

Sırtı yastığa dayalı ve dizüstü bilgisayarı kucağında olacak şekilde dik oturdu.

Fotoğraf çekiminden yeni çıkmış, yeni duygular ve deneyimlerle donanmıştı ki bu onun gibi amatör bir yazar için mükemmeldi.

Kelime işlemciyi açtı ve ilk romanının da temelini oluşturacak olan yazma işine devam etti.

Zaten birkaç sayfam vardı.

Samantha yazarken bir barikata çarptı.

Kişisel hayatının ne kadarını kullanacağını merak etti.

Hikayedeki karakterin ne ölçüde keşfetmeyi seçeceğini merak etti.

Peki neyi keşfetmek?

Samantha'nın fantezisi cinsel teslimiyetti.

Her zaman özlemini duyduğu şey buydu.

İstediği buydu.

Ancak bunu kitaba koymak, ailenizin ve arkadaşlarınızın içsel düşüncelerinizi bilmesini sağlayacaktır çünkü hepsi onu okuyor olacaktır.

Samantha'nın tamamen kurgusal bir hikaye mi yazdığını, yoksa kendi arzularını ifade edip kitabı bir iletişim aracı olarak mı kullandığını merak ederlerdi.

Bu yazarın ikilemiydi.

Neyse ki bu konuyu konuşabileceği adamı tanıyordu.

Gmail hesabını açtı ve iki e-postası olduğunu gördü.

Biri bir arkadaşından , diğeri ise o gün birlikte çektikleri son fotoğrafları az önce e-postayla gönderen fotoğrafçıdan.

Ama bu şu anda önemli değildi.

Doğrudan başlıklı bir mesaj yazdı: Buluşabilir miyiz?

"Merhaba, öğretmenim,

Umarım iyisindir. Yazma görevimdeki ilerleme istikrarlıydı ancak hikaye açısından bir engelle karşılaştım.

buna dahil etmem gerektiği konusunda mücadele ediyorum . Ve evet, birkaç hafta önce ofisinizde tartıştığımız konuya değiniyorum. Eminim bu konuda ne hissetmem gerektiğini anlıyorsundur.

Bana yardım edin lütfen!

"Samantha"

Mesajı gönderdi.

Daha sonra arkadaşının e-postasını okudu ve hızlı bir yanıt gönderdi.

Sonunda fotoğrafçının, kısa bir yorumla birlikte toplam altmış sekiz fotoğraftan oluşan bir ek içeren e-postasını açtı.

Dosyayı indirdi ve resimlere kısaca baktı.

Kendini böyle görmek biraz gerçeküstüydü.

Elleri arkadan bağlıydı.

Kimliğini gizleyen maske.

Ve meme uçları ortaya çıktı.

Dizlerinin üstünde ve sırtında çekilmiş fotoğrafları heyecan vericiydi.

Erotik sanat meraklıları bu görselleri bir sonraki sanat sergisinde mutlaka satın alacaklardır.

Samantha, bunların çok zekice yapılmış olduğunu düşündü.

Bir an aynı fotoğrafları profesöre göndermesi gerekip gerekmediğini düşündü.

Belki o da onları görmek ister.

Samantha'nın derinden takdir ettiği seçimlerini açıkça anlıyor.

Üstelik bu görüntüler, kendi cinselliğinin ve keşfinin bir ifadesi olduğundan, onun yazma göreviyle bir şekilde alakalıydı.

Samantha kısa bir başlık ve profesöre kısa bir mesaj içeren başka bir e-posta taslağı hazırladı.

Fotoğrafçının aynı gün kendisinden çektiği altmış sekiz fotoğrafın bulunduğu dosyayı ekledi.

Öğretmenine daha fazla esaret fotoğrafı gönderiyordu, ancak bu sefer bu daha önce olduğu gibi tesadüfen değil, bilerek olacaktı.

Parmağı e-postanın 'gönder' düğmesinin üzerinde biraz oyalandı.

Tereddüt etti.

Daha sonra e-postayı tamamen sildi.

Öğretmen ona bir dizi esaret fotoğrafı daha gönderse ne düşünürdü?

Muhtemelen onunla dalga geçiyor, diye düşündü, çünkü ona diğerinin bir hata olduğunu söylemişti.

Ya da umutsuzca onu baştan çıkarmaya çalışıyordu.

Bir e-posta geldi.

Öğretmenin yanıtı şöyleydi :

"Elbette yarın sabah dokuzda boşum. Sabah saat 10'da başka bir sınıfa ders veriyorum, bu yüzden zaman kısıtlı.

Bana hikayeni gönder. Bu gece okuyacağım ve yarın tartışabiliriz.

Öğretmen "

İşler yürüyordu ve tekerlekler harekete geçirilmişti.

Hikayesinin bir ekiyle ona e-posta gönderdi.

Onun ne düşüneceğini merak ediyordu.

BÖLÜM III

Sonraki sabah.

Öğretmen odasının kapısı açıktı.

Her zamanki gibi çalışıyor gibi görünüyordu, masasındaki bazı kağıtlara bakıyordu.

Samantha son buluşmalarına benzer şekilde giyinmişti.

Sıradan ama şık bir şey. Ne çok seksi ne de çok iffetli.

Özellikle tartışacakları konularda yanlış sinyaller vermek istemiyordu.

Kapıyı çaldıktan sonra öğretmen öğrenciyi gördü ve içeri davet etti.

Masada onun karşısına otururken birkaç şakalaştılar.

Elbette sınıfta birçok kez konuşmuşlardı ama özel bir toplantı her zaman daha özeldi.

"Hepsini okudun mu?" diye sordu.

"Yaptım. Ve gerçekten beğendim" diye yanıtladı. "Sağlam iş. İyi bir yeteneğiniz var. Bir yazar olarak gücünüzün gerçekçiliğiniz olduğunu düşünüyorum. Karakterlerde büyük bir derinlik var."

Samantha'nın içinde gurur patlaması yaşandı ama o bunu kontrol altına almayı başardı.

"Teşekkür ederim. Bunu çok düşündüm."

"Eminim öyle yapmışsınızdır. Bir yazma ödevi olarak bu muhtemelen A düzeyinde bir ödevdir" diye açıkladı. "Ama bununla yetinmiyorsun, değil mi? Bir romancı olmayı düşünüyorsun."

"İşte böyle."

Öğretmen birkaç kağıt aldı.

"Sizinle tartışmak istediğim bazı notlar aldım. Bunlar, iyi bir kitabı tamamlayabilmeniz için açıklamalarınızı ve ikincil öykülerinizi genişletmek için basit örneklerdir. Gerçi şimdi bunu yapmanızı beklemiyorum. Açıkçası, eğer her Öğrenci bana uzun bir roman verdi, okurken sürekli bunalıma giriyordum ."

Samantha kağıtları aldı ve gözleri hızla notları taradı.

"Bu muhteşem. Teşekkür ederim."

"Bana teşekkür etmene gerek yok."

"Bu tüm öğrenciler için geçerli mi?" diye sordu.

"Sadece romancı olmak isteyen ve ekstra düzeyde eleştiri isteyen öğrenciler için. Bu konuda yardımcı olmaktan her zaman mutluluk duyarım."

"Hiç bir öğrenciyle yattın mı?" Olası sonuçları umursamadan açıkça sordu.

"Bana bunu neden soruyorsun?"

"Yazma ödevim için karakter araştırması yapıyorum."

O gülümsedi.

"Öyle mi? Sen açık sözlü bir kızsın, bunu biliyor musun?"

"Utangaç kızlar böyle bir okula giremezler. Orası kesin."

"Muhtemelen bu konuda haklısın."

"Peki cevap nedir?"

"Birkaç yıl önce bir öğrenciyle yapmıştım" diye yanıt verdi. "Fakat şunu unutmayın ki ben sapkın değildim. Hiçbir zaman bir kız öğrencinin cinsel tacizine uğramadım."

"Peki bu nasıl oldu?"

"Diyelim ki ortak bir arkadaşımız vardı ve bir partide tanıştık. Bir swingers partisinde. İkimizin de aynı ilgi alanlarına sahip zıt uçları vardı. O tam bir itaatkârdı. Ben deneyimli bir Dom'dum. Gerisini tahmin edebilirsiniz."

"İlginç."

"Bu gerçekten hikayende olacak mı?"

"Muhtemelen" diye yanıtladı. "Benim hikayemde genç kadın kendisinden çok daha yaşlı ve hayatta çok daha fazla deneyime sahip bir adamla ilişki kuruyor."

"Ben de yakışıklıyımdır umarım."

"Ah evet."

"Bundan bahsetmişken, e-postanızda kişisel hayatınızı hikayenize dahil etmekten bahsetmiştiniz."

Samantha başını salladı.

"Doğru. Kalbim ve aklım hikayeyi aynı yöne götürmek istiyor. Mesele şu ki, bu yön seks içeriyor. Gençlerin çoğu bu aşamadan geçiyor ve sadece seksi ve onun güzelliğini keşfetmek istiyorlar. Sanırım bu yüzden yazılarıma akıyor."

"Ve insanların sizi hikayenizin içeriğine göre yargılayacağından endişeleniyorsunuz."

"Kesinlikle. Kitaplarınızda da aynı şeyi yaşadınız mı?"

"Elbette. Ama durum farklı. Ben bir erkeğim. Sen genç bir kadınsın. Konu seks olduğunda toplumun bizim için farklı standartları var. Ama eğer benden bu konuda bir cevap bekliyorsan, ben Üzgünüm, sana bir tane veremem. "Cevap. Bu senin olmalı. Bu senin sanatın, senin hikayen, benim değil."

Samantha bir an düşündü ve başını salladı.

"Sana bir şeyler gösterebilir miyim?"

"Elbette."

"Bir saniye bekle."

Samantha telefonunu aldı ve fotoğraflarına baktı.

Daha sonra telefonunu öğretmene uzattı.

"Bunlar dün yaptığım bir fotoğraf çekiminden" diye açıkladı. "Dün onları neredeyse sana gönderiyordum ama bunun uygun olduğunu düşünmedim."

Müstehcen görüntüleri inceledi.

"Peki neden şimdi bunun uygun olduğunu düşünüyorsun?"

"Çünkü fikrine değer veriyorum. Ve sana, son görüştüğümüz zamandaki tavsiyene uyduğumu göstermek istedim. Bana bedenime saygı duymamı söylemiştin. Evet, saygı duydum. Saygı duyuyorum. Bu pozlar benim fikrimdi. Bu benim fantezim. ve cinsel ifadem sağlıklı bir genç kadın gibi."

Öğretmen telefondaki fotoğraflara tekrar baktı.

"Kesinlikle sağlıklı bir genç kadına benziyorsun."

Telefonu ona geri verdi ve Samantha telefonu yerine koydu.

"Size kişisel bir soru sorabilir miyim?"

"Neden olmasın? Zaten kişiselleşmeye başladık."

Yuttu.

"Bir Üstat olarak, itaatkarınız bu konumda olsaydı ona ne yapardınız? Dizlerinin üzerinde, elleri bağlı."

"Bunu bilmek istemenin özel bir nedeni var mı?"

"Sadece merak ediyorum. Gerçek bir Üstadın bu durumda ne yapacağını anlayacağım için yazma ödevime yardımcı olacak."

Bir anlığına düşündü.

Belki de ne yapacağını düşünüyordu.

Belki de söyleyip söylememesi gerektiğini düşünüyordu.

Samantha bunu söyleyemedi.

Sonunda profesör cevabını verdi:

"Boğazını eğitirim."

Kısa bir süre şaşırdı.

"Ben, sanırım demek istedin..."

"Derin gırtlak. Dil için özür dilerim ama ben de öyle yapardım. Bu pozisyonda en bariz şey bu, değil mi? Dizlerinin üstündesin. Ellerin arkandan bağlıyken direnemeyeceksin. sözlü girişimim."

Samantha amının gerildiğini hissetti.

"Bu kesinlikle mantıklı."

"Eh, iyi bir hikaye bu şekilde yaratılır. Tüm senaryoları ve sonrasında ne olacağını hayal edersiniz. Farklı karakterlerin her durumda nasıl tepki vereceğini hayal edersiniz. Bu şekilde düşünmelisiniz."

"Biliyorum."

Bir kaşını kaldırdı.

"Bana e-postayla gönderdiğinden daha fazla hikayeye sahipsin gibi görünüyor."

" Sana her şeyi gönderdim" dedi şakacı bir ifadeyle. "Benim de bir sürü fikrim var ama henüz bunları yazmadım. İnsanların düşüncelerimi bilmesi endişesini aşmam gerekiyor."

"Yazarlar, insanların ne düşündüğü konusunda endişeleniyorlarsa sınırları zorlayamazlar. Bu kesin."

"Bunun için herhangi bir tavsiyen var mı?" Sanki bir şey öneriyormuş gibi hafif tiz bir sesle sordu.

"Ben tüm romanlarımı aynı şekilde yazdım; anlatmak istediğim mümkün olan en iyi hikayeyi yaratmak ve insanların bunu okumaktan keyif alacağını umarak."

"Mantıklı."

"Fakat tartıştığımız konunun doğası göz önüne alındığında bunu size tavsiye etmeyeceğim" diye ekledi. "Ne tür bir hikaye anlatmak istediğinize, ne kadar dürüst olduğuna ve ne kadar sekse yer vermek istediğinize karar vermeniz gerekiyor."

"Ya sınırları zorlamak istersem?"

"Bu senin kararın. Ama dediğim gibi bu konuda aptal olma. Bu dünya seni seks için kullanmak isteyen insanlarla dolu."

"Ya kullanılmak istersem? "

Profesör onun doğrudan gözlerinin içine baktı.

Ona dönüp baktı.

İkisi de bilgisiz değildi.

Birbirlerinin aklından neler geçtiğini çok iyi biliyorlardı.

Profesör "Oyunlar için çok yaşlıyım Samantha" dedi. "Zaman ayırıp geribildirim konusunda zaten cömert davrandım. Bu yüzden benden daha fazlasını istiyorsanız oyun oynamayın, yetişkin bir kadın olun ve söyleyin."

Samantha göğsünün sıkıştığını hissetti.

Daha sert nefes alıp verdi.

"Bana yardım edecek misin? Bana öğretecek misin?" Zaten kendinden emin bir şekilde söyledi.

"Sana tam olarak neyi öğreteceğim?" Kötü bir öğrencisini çok belirsiz olduğu için azarlayan bir öğretmen gibi sert bir şekilde sordu. "Açık ol."

"Usta'm olur musun?"

"Bu seçim bir hediyedir" dedi. "Akıllıca seçim yapmalısın."

Derin bir nefes aldı.

"Korkunç bir hata mı yaptım? Tanrım, ben bir aptalım. Çok üzgünüm. Lütfen sana yalvarıyorum, bunun akademik ilişkimizi mahvetmesine izin verme. Gerçekten seninle çalışmaya devam etmek istiyorum. " "

"Orgazm olurken sesin yüksek mi çıkıyor?" diye açıkça sordu.

"Üzgünüm?"

"Bu basit bir soru. Sanırım beni doğru duydun."

Boğazını temizledi.

"Neredeyse normalim. Ama tabii ki her şey ruh halime ve nasıl hissettiğime bağlı."

" Gömleğini kaldır, sonra sütyenini kaldır ve bu fotoğraflardaki gibi göğüs uçlarını ortaya çıkar."

Gerçeğin ortaya çıktığı an buydu.

Samantha ilk kez bir erkeğe boyun eğiyordu.

Çıplak karnını ortaya çıkaracak şekilde özenle ütülediği gömleğini kaldırdı.

Sonra daha da yükseğe çıkıp biraz tedirgin göğüslerini içine alan beyaz sütyenini ortaya çıkardı.

Daha sonra küçük pembe meme uçlarını ortaya çıkarmak için sutyenini kaldırdı.

"Bana hükmetme fikrin bu mu?" diye sordu, neredeyse onu daha fazlasını yapmaya cesaretlendirerek.

"Bu bir başlangıç. Daha ileri gitmek ister misin?"

"Evet."

"Meme uçlarınızla oynayın. Kıstırın. Sıktırın. Nasıl yaptığınızı görmek isterim."

Samantha öğretmene itaat etti.

Birbirlerinin gözlerine bakmaya devam ederken küçük pembe meme uçlarını çimdikleyip sıktı.

"Bu benim inisiyasyonum mu?" diye sordu.

"Tam olarak değil. Henüz değil."

Göğüslerini okşamaya devam etti.

"O değil?"

"Öncelikle ne kadar cesur olduğunuzu görmem lazım. Fotoğraf çekimi başka, gerçek hayat başka" diye açıkladı. "Pantolonunun düğmelerini aç. Benim için çıplak vajinanla oyna. İşte orada. Orgazma gel ama bunu sessizce yap. O zaman sınırlarını nasıl zorlayabileceğini sonra tartışırız."

Pantolonunun düğmelerini çözmeye başladı.

"Bunu halledebilirim."

"Bu seni rahatsız mı ediyor?"

"Biraz tuhaf," diye yanıtladı hafif bir omuz silkmeyle. "Ama bu heyecan verici."

Pantolonunun düğmeleri açıkken sağ elini külotunun içine kaydırdı ve klitorisini ovuşturdu.

Mastürbasyon yaparken sanki bir tür meydan okumaymış gibi göz temasını sürdürdüler.

"Ne düşünüyorsun?" diye sordu.

"Gerçekten bilmek istiyor musun?"

"Elbette."

Samantha klitorisi ile oynamaya devam etti.

"İkisi de birlikte fotoğraf çekimi yapıyor. Bir esaret seansı."

"Ne yapıyor olurduk?"

"Beni bağlardın. Sonra boğazımı eğitirdin."

"Sert ya da yumuşak?"

Gülümsedi .

"Neden bana söylemiyorsun?"

Öğrencisinin kendisi için mastürbasyon yapmasını izleyerek "Ben her zaman iyi biriyim" diye yanıtladı. "Acele etmemeyi ve yavaş gitmeyi tercih ederim. Eğer seni gırtlağa kadar boğazlasaydım, garip bir şekilde neredeyse romantik olurdu. Çok yavaş giderdim. Doğru miktarı aldığından emin olmak için. Buna alıştığında, ben biraz daha hızlı, biraz daha sert giderdim."

Samantha öğretmeninin konuşmasını dinlerken klitorisini daha hızlı ovuşturdu.

Konuşurken anlattığı senaryoyu hayal etti.

"Aman Tanrım," diye soludu, daha hızlı ovalayarak.

"Sanırım itaatkar olmaya hazırsın. Belki ben de senin Efendin olmayı isterim."

Samantha doruğa ulaşırken tekrar 'aman Tanrım' kelimesini soludu.

Profesörün gözlerine bakarken hiçbir utanç ya da benzerlik yoktu.

Vücudu gerilip sonra serbest kaldığında bir an neredeyse nefessiz kaldı.

Her şey bittiğinde hafifçe titredi.

Öğretmen ayağa kalktı ve hala orgazmını atlatmakta olan öğrencisine doğru yürüdü.

"Aferin" dedi.

Öğretmen Samantha'nın sütyenini giydi ve göğüs uçlarını kapatacak şekilde göğüslerini içeri çekti.

Daha sonra güzel ve düzgün olduğundan emin olmak için gömleğini aşağı indirdi.

Daha sonra pantolonunun iliklenmesine yardım etti.

Öğretmen Samantha'yı giydirmeyi bitirdiğinde yüzünde parlak bir ifade ve parmak uçları hafif nemli, yeni kadar güzel görünüyordu.

" Sırada ne var?" diye sordu. "Bizim için."

"Sıradaki? Yakında dersim var. Gitmem gerekiyor. Eğer yanılmıyorsam, yakında senin de dersin var."

"Anladım."

"Tekrar buluşmak ister misin?"

Başını salladı.

"Seni seviyorum."

"Sadece yazma ödevini tartışmak için mi?"

Tereddüt etti, sesi titriyordu.

"Ben buna devam etmek istiyorum. Eğitimimi. Bu deneyim yazma sürecim için faydalı."

"Ve başka?"

Öğretmenin ne duymak istediğini tam olarak biliyordu.

"Ve bence bu çok heyecan verici," diye dürüstçe yanıtladı. "Bu benim en büyük fantezim. Senin için geldim, seni düşündüm. Senin itaatkârın olmak istiyorum."

" Pazartesi. Sabahın yedisinde buraya, ofisime gelin."

"Neden bu kadar erken?"

"Yanlışlıkla çığlık atarsan, bunu kimsenin duymasını istemiyorum."

Samantha'nın gözleri genişledi ve amı kasıldı.

BÖLÜM IV

Hafta sonu aynı fotoğrafçıyla başka bir fotoğraf çekimine katıldı.

Aynı stüdyoda.

Aynı aksesuarlarla.

Cinselliği ve itaatkâr tercihleri konusunda rahat olmaya başladıkça görüntüler daha riskli hale geldi.

İplerin daha sıkı olmasını istedi.

Gerçek bir itaatkâr olmanın nasıl bir şey olduğunu hissetmeye çalışmak istiyordu.

Ve o da bunu yaptı.

Nihai sonuç çok erotikti ama harika bir zevkle yapıldı.

Samantha bir kez daha dizlerinin üzerindeydi, bilekleri önünde bağlıydı ve yüzünde siyah bir maske vardı.

Fotoğraf oturumu sırasında yaptığı tüm vücut ifadelerinde yüksek bir duygusallık yayılıyordu çünkü sürekli olarak öğretmenin onu eğittiğini düşünüyordu.

Samantha, yatak odasına döndüğünde, en sevdiği yazma pozisyonunda, sırtını yastığa dayayarak yatağında oturarak dizüstü bilgisayarında durmadan ve yoğun bir şekilde yazıyordu.

Oda arkadaşı Vicky yandaki yatakta sadece bir tişört giyerek yatıyordu.

Vicky vücudunu uzattığında amı açığa çıktı ama ikisi de birbirlerinin vücutlarına alışmışlardı.

Vicky, "Tek yaptığın yazmak" dedi. "Bu şeyden hiç sıkıldın mı?"

Samantha yazmaya devam etti.

"Mümkün değil."

"Muhtemelen bu dönem yazdığın her şeyden iyi notlar alacaksın. Hadi, hamburger ve shake yemeye çıkalım."

"Diyetime dikkat etmem gerekiyor."

"O zaman hamburgeri ye ve sallamayı bırak."

Samantha durakladı ve oda arkadaşına baktı.

"Bu kötü bir fikir değil. En son hamburger yememin üzerinden çok zaman geçti."

Vicky yataktan fırlayarak, "Benim hediyem. Ve yerini tam olarak biliyorum" dedi.

Samantha bir şey hatırladığında dizüstü bilgisayarını kapatmak üzereydi.

Fotoğrafları aradı.

"Bekle, sana hızlıca bir şey gösterebilir miyim?"

Vicky yanına geldi ve dizüstü bilgisayardaki müstehcen görüntülere baktı.

Kısmen çıplak Samantha'nın dizlerinin üzerinde, bilekleri bağlı ve çarpıcı şehvetli pozlar görüntüleri.

Vicky, "Lanet kızım," diye bağırdı. "Bu gerçekten sen misin?"

"Evet."

"Bu kadar olabileceğini bilmiyordum..."

"Seks sembolü mü?" Samantha şaka yaptı. "O tarafı gizli tutmaya çalışıyorum."

Vicky güldü.

"Peki, ne yaparsan yap, böyle devam et. Bu gidişle üniversite diplomasına bile ihtiyacın olmayacak, profesyonel model olabilirsin."

"Mevcut kariyerimi tercih ederim."

"Senin için ne işe yararsa. Bu arada ben açım. Hadi giyinelim."

Samantha, oda arkadaşının dolaba gidip gömleğini çıkarmasını ve onu tamamen çıplak bırakmasını izledi.

Her zamanki gibi Samantha, Vicky'nin göğüs bölümünde büyük, dikkat çekici göğüslerle kutsanmasına biraz hayranlık duyuyordu ama Samantha onu kıskanmamaya çalışıyordu.

Öğretmenle olan durumu oda arkadaşına söylemediği için de kendini biraz suçlu hissetti.

Liseden beri her konuda, özellikle de erkekler konusunda her zaman dürüst davranırlardı.

Birbirlerinden hiçbir zaman sır saklamadılar.

Ama bu farklıydı.

Öğretmen Samantha'ya kimseye söylemeyeceğine dair söz verdirdi ve Samantha her zaman sözünü tuttu.

Samantha yataktan çıkmadan önce hemen Gmail hesabını açtı ve öğretmeni için bir mesaj yazdı.

Yazma ödevinin en son versiyonunu ekledi.

Daha sonra o gün çektiği son esaret fotoğraflarını ekledi.

Gönderilmiş.

Samantha dizüstü bilgisayarı bir kenara koydu ve kıyafetlerini çıkarıp oda arkadaşının yanında soyundu.

Acilen kalori yüklü bir şeyler yemem gerekiyordu.

ÜÇÜNCÜ BÖLÜM
HALATLAR

BÖLÜM I

Pazartesi sabahı geldiğinde Samantha artık kıyafeti ya da görünüşü konusunda endişelenmiyordu.

Profesörle buluştuğu diğer seferlerdeki gibi değildi.

Zaten öğretmeniyle özel olarak görüşmeye alışmıştı ve onun için çoktan mastürbasyon yapmıştı.

Basit bir bluz giyiyordu, saçını at kuyruğu yapmıştı ve yüzünde hafif bir makyaj vardı.

Başka bir şey giymek için de henüz çok erkendi.

Ayrıca profesörün önceki gece ona e-postayla gönderdiği kısa talimatlar da vardı.

Kısa etek giymesini ve külot giymemesini istedi.

Ne olacağı hakkında hiçbir fikri olmamasına rağmen yerine getirmeye istekli olduğu bir istek.

Profesör de aynı anda binaya geldi.

Günün bu saatinde neredeyse hiç kimse yoktu.

Genellikle dizüstü bilgisayarını ve ders kitaplarını içeren her zamanki ofis çantasını ve ofis kapısını açmak için elinde anahtarları taşıyordu.

Bu noktada ilişkileri sıradanlaşmıştı ve birbirlerini gördüklerinde birbirlerinin hafta sonunu merak etmeye başladılar.

Samantha onunla biraz daha çapkın olmaya başladığını hissetti ve öğretmen sınıfta olduğundan çok daha az sertti.

Profesör ofise girdiklerinde kapıyı kilitledi, bu alışılmadık bir durumdu çünkü onlar içerideyken kapıyı asla kilitli tutmazdı.

Karşı karşıya oturduklarında konuşma değişti.

"Belgenizi okudum" dedi. "Ve fotoğraflarını gördüm."

Bu, açıklayamadığı bir nedenden dolayı onu tedirgin etti.

Ona herhangi bir zayıflık göstermek istemediği için kısa süreliğine kıpırdandığı gerçeğini saklamaya çalıştı.

"Bütün bunlar hakkında ne düşünüyorsun?"

"Yazınızın sağlam olduğunu düşünüyorum. Hikaye yapısı iyi. Dilbilgisi kusursuz. İngilizceyi çok iyi anlıyorsunuz ve açıklamaları çeşitlendirmeniz hoşuma gidiyor. En önemli şey hikayenin ve karakterlerin iyi geliştirilmiş olması. Neredeyse "Otobiyografik bir his veriyor. Canlı. Bunu beğendim."

Başka herhangi bir zamanda Samantha, son derece saygı duyduğu bir öğretmenden aldığı övgüyle gururunu okşardı.

Ama şimdi külotsuz otururken aklına gelen son şey buydu.

"Fotoğraflar hakkında ne düşünüyorsun?"

"Sen çok güzel bir genç kadınsın Samantha" dedi. "Senin hakkında hep bunu düşündüm."

"Sabahın yedisinde, etrafta kimse yokken buraya gelmemi istedin. Bana etek giymemi söyledin. Ben de külot giymiyorum."

"Yani buraya sadece eğitim almaya geldin, öyle mi?"

Başını salladı.

"Kendimi aptal yerine mi koyuyorum?"

"Ayağa kalk ve ileriye bak."

Samantha ayağa kalktı, gömleğini ve eteğini düzgün görünecek şekilde düzeltti ve ileriye baktı.

Profesör de ayağa kalktı ve ona yaklaştı, genç ve güzel yüzüne yakından baktı, yüz ifadelerini okumaya çalıştı.

Samantha'nın dudakları gerilmiş gibiydi.

Vücudu gergin ve katıydı ama gözlerinde sanki bunu uzun zamandır beklemiş gibi küçük bir parıltı vardı.

"Senden gerçekten hoşlanıyorum Samantha" dedi. "Zekisin, motivesin, çok naziksin ve güzelsin."

"Teşekkür ederim" dedi neredeyse fısıltıyla.

"Size Üstat olmaktan keyif aldığımı söylemeliyim. Bu çok ciddiye aldığım bir şey. Ve hizmetkarlarıma her zaman azami özeni gösteririm."

Hizmetçiler mi? Samantha işin nereye varacağını beğendi.

"Anladım" diye yanıtladı.

"Ya sen? Aramızdaki yaş farkı ve üniversitedeki konumum nedeniyle hiçbir zaman çıkamayacağız . Hiçbir zaman romantik bir ilişkiye giremeyeceğiz. Bu seni rahatsız ediyor mu?"

"Sır saklayabilirim. Ve bir erkek arkadaşım olamayacak kadar meşgulüm."

"Yani tatlı Samantha bir Usta arıyor? Tamamen cinsel ihtiyaçtan dolayı, değil mi?"

"Sanırım zaten biliyorsun." dedi yumuşak bir sesle.

"Bunu düşündün mü? Ben senin ilk Efendinim? Kendini tamamen bana ver? Asla yarı yolda kalmayacağım. Sen benim olduğunda seninle istediğimi yapacağım. Seni sınırlarını zorlayacağım. Ama eğer sen Bitirmek istiyorum , bitecek."

Samantha'nın amcığı kasıldı.

"Aradığım şey bu. Her zaman itaatkar olmak istemiştim. Ve senin yanında da öyle olmak istiyorum."

"Çünkü ben?" O sordu.

Sinirlendi.

"Bu konudaki deneyiminden dolayı. Bu kadar dikkatli olmanı seviyorum. Ve nasıl düşündüğünü seviyorum. Kim olduğunu. Öğretmen-öğrenci olayını seviyorum. Benim üzerimde sahip olduğun otoriter gücü seviyorum."

"Eteğini kaldır."

Samantha eteğini kaldırarak temiz traşlı vajinasını ve çıplak poposunu ortaya çıkardı.

Gergindi ve eteğini tutarken elleri hafifçe titriyordu.

"Fotoğraflardan çok daha güzelsin," dedi.

"Teşekkür ederim."

"Şimdi eğilin. Ellerinizi masamın üzerine koyun. Bacaklarınızı açın."

Samantha itaat etti.

"Ne yapacaksın?"

"Sana büyük bir iyilik yapacağım. Bu yazma ödevin için. Hikayenin gidişatını beğendim. Ama öğrenmen gereken bazı şeyler var. Cinsel bir yolculuk hakkında düzgün bir şekilde yazmak istiyorsan, o zaman öğretmenin olarak , bunu yapmanı istiyorum." ilk elden deneyim."

Samantha'nın amcığı masanın üzerindeki pozisyonunu korurken seğiriyordu.

Profesör ofis çantasını karıştırırken gözlerini dümdüz ileriye dikti.

Ne aradığıma dair hiçbir fikrim yoktu ve bakmak da istemiyordum.

Bakmaya çok korkuyordum.

Sadece olayların ilerlemesine izin vermek istiyordu.

Elleri onun pürüzsüz poposunu ve biçimli kalçalarını ovmaya başladı.

"Ne güzel bacaklar" diye belirtti. "Kıçına bir tıkaç sokacağım. Daha önce hiç böyle bir şey hissettin mi?"

"Hayır. Bundan hoşlanacağımı mı sanıyorsun?"

"Eğer rahatlarsan ve sana söylediklerimi yaparsan, birçok şeyden keyif alacaksın."

Profesör kıçını hamurmuş gibi yoğurdu.

Sertçe sıkın ve masaj yapın.

Kıçını açtığında Samantha kendini çok açıkta hissetti.

Onun anüsünün derinliklerine baktığını biliyordu.

Sonra bıraktı.

Kayganlaştırıcıyı açarken, "Bu biraz soğuk gelebilir" dedi.

Profesör kaygan parmaklarıyla anüsüne dokunduğunda Samantha'nın vücudu sarsıldı ama Samantha hızla kontrolü yeniden ele geçirdi ve hareketsiz kaldı.

Parmaklar içeri itmeden önce anüsünün etrafını sardı ve rektumunu anal kayganlaştırıcıyla kapladı.

"Anal seksi sever misin?" diye sordu.

"Ah, evet. Ama sadece moralim iyiyse. Gördüğünüz gibi arka tarafta biraz gerginim."

"Öyle bir his var. Şimdi rahat ol, ilk başta biraz rahatsız edici olacak ama alışacaksın. Söz veriyorum."

Profesör parmağını uzaklaştırdıktan sonra Samantha'nın anüs halkasına bir tıkaç bastırdı.

Dört inç kadardı.

Her bayan için yönetilebilir.

Hafifçe itti ve yağlayıcı sayesinde tıkaç anüs halkasından geçti.

Samantha'nın bedeni kıvranıyor ve nefesi kesiliyordu ama o soğukkanlılığını korudu.

Tamamen içeri girene kadar içeri itti.

Popo tıkacı on inç içeri girecek şekilde tasarlandı, sonra düz bir yüzeyle durduruldu, böylece Samantha daha sonra çok fazla rahatsızlık duymadan oturabildi.

"Şimdi vajinanıza bir şey sokacağım" dedi. "Yalnızca benim kontrol edebileceğim küçük bir vibratör."

Samantha kıçını salladı.

"Ben senin insafına kalmışım."

"İyi bir kız."

Profesör ofis çantasına baktı ve yaklaşık on beş santim uzunluğunda, bağlanabilmesi için askıları olan küçük bir vibratör çıkardı.

Samantha'nın ince kahverengi dudaklarını aralayarak pembe yarığını ortaya çıkardı.

Islaktı, bu yüzden tahrik olduğunu biliyordum.

Sonra vibratörü ıslak deliğine bastırdı ve itti.

Giriş kolaydı, özellikle de Samantha'nın bacakları açık olduğundan ve amı uyarıldığından.

Vibratör santim santim Samantha'nın amına doğru ilerledi.

Elini masaya bastırdı, giriş hissinin tadını çıkardı ve aynı zamanda bunu yapanın profesör olduğu gerçeğinin de tadını çıkardı .

Küçük vibratör tamamen içeri girdiğinde öğretmen, vibratör tamamen sabitlenene kadar kayışları Samantha'nın bacaklarının ve arka kısmının etrafına bağladı.

"O küçük şey ne kadar titrerse titresin, hiçbir yere gitmiyorum." Düşündü

"Şimdi oturun" dedi profesör.

Samantha ayağa kalktı, eteğini düzeltti ve tekrar masanın önündeki koltuğa oturdu.

Beklediğim gibi biraz tuhaftı.

İlk defa popo tıkacı kullanıyordum ve üzerine oturmak tuhaftı.

Rektumu gerildi ve kıçının şimdiden acımaya başladığını hissetti.

Amının içine bağlanan vibratör de tuhaf bir duyguydu.

Daha önce hiç böyle bir şey hissetmemiştim.

Genellikle amının içinde bu şekil ve büyüklükte bir şey olduğunda, Samantha oturmadan sırt üstü ya da dört ayak üzerinde dururdu.

Birleştiğinde bu duygu gerçeküstüydü.

Her iki deliği de seks oyuncaklarıyla doluydu.

Ve bunun bir nedeni vardı.

Her ne kadar rahatsız edici olsa da cinsel açıdan da heyecan vericiydi.

"Sonra seni sandalyeye bağlayacağım" dedi.

Yuttu.

"Bunu halledebilirim."

Profesör sözüne sadıktı.

Ofis çantasının içinde pürüzsüz bir dokuya sahip görünen mavi renkli ipler vardı.

Samantha'nın sol bileği kanepeye bağlandığında haklı olduğunu gördü.

İp onun değerli cildinde yumuşak bir his uyandırdı.

Öğretmenin attığı düğüm profesyonel ve doğru görünüyordu.

Ve bunu mükemmel bir baskıyla yaptı.

Aynı işlem sağ bileğiyle de tekrarlandı.

Daha sonra ayak bilekleri geldi.

Profesörün bu işlemi ayak bileklerinin her biriyle ustaca tekrarlamasını izledi.

Ona baktı ve yeteneklerine hayran kaldı.

Onun kesinlikle deneyimli bir Usta olduğunu düşündü, özellikle konu iplere gelince.

Profesörün Samantha'nın esaret fotoğrafları konusunda bu kadar anlayışlı olmasına şaşmamalı, çünkü kendisi de aynı fetişlere sahipti, diye düşündü.

Bitirdiğinde Samantha, poposu ve vajinasında seks oyuncakları ile tamamen sandalyeye bağlıydı.

Bu, fotoğraf çekimine katılmaktan farklı bir mutluluktu.

Bu gerçek hayattı.

Ve tamamen hayranlık duyduğu öğretmeninin insafına kalmıştı.

yaslandı , kıçını masasına dayadı ve işine baktı.

Samantha koltuğa bağlandı.

Profesör, "Keşke kendini görebilseydin" dedi. "Çok güzel, çok çaresiz. Teslimiyetin mükemmel bir göstergesi."

Başını salladı.

"Sayende."

"Beklediğiniz şey bu muydu? Nasıl hissediyorsunuz? Bundan pişman mısınız? Bunu aşağılayıcı mı buluyorsunuz? Söyleyin ve net olun."

Düşüncelerini topladı.

"Hayatta olduğumu hissediyorum. Senin yanında güvendeymişim gibi. Çünkü beni asla incitmeyeceğini biliyorum. Bunda bir rahatlık var. Ve senin kontrolün altında olmayı seviyorum. Cinsel kontrolün. Kendimi sana teslim etmek. Yapmıyorum. bunu tam olarak açıklayabilir miyim biliyorum." ama ben böyle hissediyorum."

"İşte orada" diye işaret etti. "Bir gün büyük bir romancı olmak için bunlar düşünmeniz gereken düşünceler. Kendinizle uyumlu bir kadın oluyorsunuz. Gelişiyor."

"Ben de bunu hissetmek istiyorum."

Küçük bir cihazı havaya kaldırarak, "Senden bir adım öndeyim" dedi. "Bu düğmeler içinizdeki vibratörü kontrol ediyor. Bu da artık bedeninizi ve zihninizi kontrol ettiğim anlamına geliyor. Bu kadar uzun zamandır arzuladığınız yaşam tarzını hâlâ deneyimlemek istiyor musunuz ?"

" Evet ... "

Bu sözler dudaklarından çıkar çıkmaz profesör, vibratörün devreye girmesini sağlayan bir düğmeye bastı.

Samantha'nın tüm vücudu sarsıldı ve yüzü buruştu.

Çekerken kolları da istemsizce ipleri çekiyordu ama ipler çok güçlüydü.

"Bu sadece ilk adım" dedi.

Seks oyuncağı kedisinde titremeye devam etti.

"Aman Tanrım, bu sanki... Daha önce hiç böyle bir vibratör kullanmamıştım. Öyle hissettiriyor ki..."

Öğretmen, öğrencinin başka bir düğmeye basıp vibratörün gücünü bir kademe daha artırırken dikkatle kıvranmasını izledi.

Samantha'nın gözleri genişleyip ağzı O şeklini alırken nefesi kesilmiş görünüyordu.

Vibratör büyüsünü gerçekleştirirken bir an nefesi kesilmiş gibi görünüyordu.

Profesör, "Bu teslimiyetin özüdür" dedi. "Kontrol tamamen bende. Tamamen kayboldun . Ve seni buraya getirmek benim görevim. Artık bunun nasıl bir şey olduğunu merak etmene gerek yok. Bunu ilk elden deneyimliyorsun, değil mi?"

Konuşmakta zorlandı.

"Evet ..."

"Orgazm olmak ister misin?"

Başını salladı.

"Evet ..."

Titreşim dayanılmaz hale geldiğinde sesi azaldı.

Daha sonra profesör vibratörü en yüksek seviyeye çıkaran düğmeye bastı.

Bu Samantha'nın tüm vücudunun titremesine ve ellerinin kasılmasına neden oldu.

Kalçaları istemsizce poposuna baskı yapıyordu.

Gözleri kapandı ve yüksek sesle inledi.

Samantha ağlayıp çığlık atınca öğretmen vibratörü ilk çentiğe indirdi ve Samantha sakinleşmeyi başardı.

Profesör, "Çok gürültülüsün ," diye belirtti. "Böyle bağırırsan yakalanabiliriz."

"Çok üzgünüm" diye yanıtladı, seks oyuncağı hâlâ amının içinde uğuldamaya devam ederken derin bir nefes aldı. "Bu çok yoğundu. Daha önce hiç böyle bir şey hissetmemiştim."

"Ama yine de orgazm olmak istiyorsun, değil mi?"

Sevimli bir köpek yavrusu gibi gözleriyle başını salladı.

"Elbette."

"O zaman seni bir şekilde tıkamak zorunda kalacağım. Seni sessiz tutmak için ağzına ne koyabileceğim konusunda bir önerin var mı ?"

Bu retorik bir soruydu.

İkisi de bunu biliyordu.

Samantha profesörün önerdiği şeyi anlayacak kadar akıllıydı.

Ve o da onu tüm kalbiyle seviyordu.

"Sizin horozunuz."

O gülümsedi.

"Sadece seni susturmak için mi ? Yoksa ağzını eğitmemi mi istiyorsun?"

"Eğitim almak istiyorum. Derin boğaz, tıpkı hayalini kurduğum gibi."

"İyi bir kız."

Öğretmen uzaktan kumandayı bıraktı ve pantolonunun düğmelerini çözmeye başladı.

Profesör kendini serbest bırakırken Samantha endişeli gözlerle izledi.

Onun neredeyse tamamen dik olduğunu ve büyüklüğünün oldukça etkileyici olduğunu fark etti.

Bu onu daha da tahrik etti.

Aletini Samantha'nın yüzünün önünde sallayarak , uzaktan kumandayı tekrar elinde tutarak ileri doğru bir adım attı.

"Sikimi ağzına koyacağım" dedi. "Onu emeceksin. Ve boğazına kadar gideceksin. Aynı zamanda seni vibratörle boşaltacağım. Beni anlıyor musun?"

"Evet" diye kabul etti.

"Bu duyguyu hatırla. Bu duyguyu yazılarında kullan. Belki seveceksin. Belki nefret edeceksin. Ama en azından denedin."

"Onu istiyorum. Her şeyden çok."

Bunun üzerine profesör aletini Samantha'nın yüzüne doğru yönlendirdi.

Ağzını açtı ve kabul etti.

Dudaklarının arasına girdi ve dudaklarını etrafına dolayarak emdi.

Profesörün nefesi kesildi.

"Melek gibi bir ağzın var" dedi. "Emmeye devam et."

Ve bunu Samantha yaptı.

Emdi ve elinden geldiğince başını salladı.

Yapabildiği tek şey boynunu ileri geri hareket ettirmekti.

Dudakları ve diliyle çalıştı .

Ona iyi bir emiş sağladı ve dilini ereksiyonunun ucunda döndürdü.

Erkeklerin kesinlikle sevdiği bir şeydi bu.

Ve bunu yapmayı seviyordu.

Ayrıca horozunun ağzında sertleşmesini hissetmeyi de seviyordu.

"Sakin ol" dedi. "Daha derine ineceğim. Bununla kavga etme."

Profesör Samantha'nın başının üstüne elini koydu, sonra penisini daha da derine çekerek nazikçe itti.

Biraz boğuldu, sonra geri çekildi.

Artık Samantha'nın sözlü sınırlarını biliyordu .

Kızın standart bir öğürme refleksi vardı.

Tam Samantha'nın öğürme refleksinin olduğu yere geri döndü ve gidebildiği yer burasıydı.

Boğazını cinsel olarak eğitmek istiyordu, kusturmak değil.

"Şimdi seni boşaltacağım zamandır" dedi. "Vücudunu rahatlat. Artık benim kontrolüm altındasın."

Öğretmen düğmeye bastı ve vibratör en yüksek seviyeye geri döndü.

Samantha koltuğunda kıvranıyordu, kendisine köle muamelesi yapılıyordu.

Kalçası bir kez daha tıkacı küçük deliğine sıkıştırdı.

Gözleri nemlendi.

Elleri sıkı düğümler oluşturdu.

Parmakları ayakkabılarının içinde kenetlendi.

Küçük ofis, büyüsünü Samantha'nın ıslak amında çalıştıran küçük ama güçlü vibratörün sesiyle doluydu.

Ayrıca Samantha'nın ağzından öğürme sesleri ve boğuk ciyaklamalar da geliyordu.

Ahlaksız emme ve höpürtü sesleri.

"Emmeye devam et" dedi. "İkisini de yapabilirsiniz. Emin ve aynı anda orgazm olun."

Samantha tekrar profesörün sikini emmeye odaklandı.

Belki bu, kendi alt bölgesindeki aşırı duyguları ortadan kaldıracaktır, diye düşündü.

Dilini üyenin etrafında hareket ettirmek için elinden geleni yaptı ama horoz boğazına kadar geldiğinden bu zordu.

Ayrıca elinden geldiğince dudaklarıyla çalışmaya çalıştı.

Daha önce hiç bir erkeği gırtlağa kadar sokmamıştı, dolayısıyla bu onun için alışılmadık bir öğrenme deneyimiydi.

Emdikçe amındaki hisler güçlü bir yoğunluğa ulaştı.

Baskı büyüdükçe arttı.

Uzun süreli titreşimlerin neden olduğu ağrı, rektumdaki ağrı ve uzuvlarının bağlı olduğu yerdeki ağrı da aynı şekildeydi.

Onun horozu tarafından boğuk bir ses çıkardı.

"Sağlamaya yakın mısın?"

Yaşlı gözleri profesöre baktı.

Köpek yavrusu bakışlarıyla.

Profesörün aletini incitmeden elinden geldiğince hafifçe başını salladı.

Profesör gülümsedi.

"Benim için boşal bebeğim. Rahat ol ve olmasına izin ver."

Samantha gözlerini kapattı ve alt bölgesindeki güçlü hislerle birlikte boğazındaki horozu emmeye odaklandı.

Tabii ki orgazm geldi.

Artık yumruklarının ve ayak parmaklarının tutuşunu sürdüremiyordu.

Kasları rahatlıyordu.

Vücudu acıyordu.

Amında güçlü bir rahatlama hissetti.

Baskı doruğa ulaştı ve orgazm kelimelerle anlatılamazdı.

Geldiğinde sanki bir hamle gibiydi.

Amından sıvılar fışkırdı, vibratörün üzerini kapladı ve oturduğu yeri darmadağın etti.

Normalde, koridorlarda ve kampüste o orgazm lekesiyle dolaşmak zorunda kalacağı için eteğine yaptığı pislikten dehşete düşerdi.

Ama bu normal bir zaman değildi, o an değil.

Onun için önemli olan tek şey o yoğun duyguydu.

Başka hiçbir şeyin önemi yoktu.

Islak eteği siktir et.

Bu onun tüm hayatı boyunca yaşadığı en inanılmaz orgazmdı.

Gözleri kapalıyken derin bir nefes aldı.

Sonra rahatladı ve içini çekti.

İşte o zaman öğretmen boşalmayı yeni bitirdiğini anladı.

Samantha'yı daha fazla rahatsız etmenin bir anlamı yoktu, bu yüzden vibratörü kapattı.

"Çok güzeldi" dedi. "Ama şimdi sıra bende. Hala enerjin var mı?"

Yukarı baktı ve başını salladı, gözlerinde az önce yaşadığı orgazmdan yaşlar akıyordu.

Profesör kalçalarını salladı.

Son perdede onun ağzını ve boğazını sikmek istedim ve tam da bunu yapıyordum.

Emmeye devam etti.

Enerjisi geri geldiğinde dudaklarıyla birlikte diliyle de çalışmaya geri döndü.

"Yut şunu" dedi.

Bir eliyle Samantha'nın kafasını sabit tutuyordu ve diğer eliyle sert, öfkeli aletinin uzunluğunu öfkeyle okşuyordu; bu sırada ereksiyonunun ucu Samantha'nın sıcak ağzındaydı.

Samantha öğretmeni bu kadar zorlaştırabildiği için gurur duydu ve bu işe yaradı.

Bu onun kendisini seksi, arzu edilir ve onun tarafından arzu edildiğini hissetmesini sağlıyordu.

Orgazm öğrencinin ağzına çarptı.

Semen jeti Samantha'nın ağzına, dilinin üzerine ve boğazından aşağıya doğru jet hızıyla girdi.

Samantha her meni çıkışında yutkundu.

Bu yapmaktan hoşlandığı bir şeydi, özellikle de ona o unutulmaz orgazmı yaşatan adam için.

Onun sperminin tadını ve dokusunu beğendi.

Tadı ağzındaydı.

Diliyle yuvarladı.

Bu onun hemen unutacağı bir şey değildi.

Tamamen bitene kadar emmeye devam etti.

Daha sonra, boşalma durduğunda, dilini penisinin başının etrafında döndürdü ve açıklığı yaladı.

Horoz yumuşayınca ağzından düşmesine izin verdi ve bu sırada kafasına bir veda öpücüğü verdi.

Samantha ona bakan öğretmenine baktı.

Gözleri buluştu.

Aralarında ince bir anlayış vardı.

Diğerinin ne düşündüğünü biliyorlardı.

Samantha sonunda fantezisini deneyimleyen itaatkâr bir kızdı.

Ve profesör, kadınları eğitme aşkının tadını çıkarabilen bir adamdı.

"Bu itaatkar olma deneyimidir" dedi. "Artık biliyorsun. Bu bilgiyle istediğini yap."

"Onu sevdim. Her saniyesi," diye içini çekti ve kendini toparlamak için biraz zaman ayırdı.

"İstediğini deneyimlediğine sevindim. Eğer iyi bir kızsan bunu tekrar yapabiliriz."

Ona şefkatli bir gülümseme sundu:

"Daha iyi. Çünkü uzun bir roman yazıyorum."

Öğretmen öğrencinin bileklerini çözdüğünde alnına yumuşak öpücükler kondurdu.

Merhametli bir Üstattı.

Ve Samantha çok meraklı ve inatçı bir itaatkardı.

Elbette yine yapacaklar, diye düşündü.

SON

www.ingramcontent.com/pod-product-compliance
Lightning Source LLC
Chambersburg PA
CBHW022103150726
47990CB00003B/1232